C'es… toi

1, 2, 3, PARTEZ !

Courir, faire du roller, rouler à vélo sur les feuilles en train de jaunir… c'est agréable de faire du sport ! Cela nous coûte un peu mais, après, on se sent tellement bien… L'apôtre Paul a annoncé Jésus à Corinthe, une ville grecque où se tenaient, à son époque, les Jeux olympiques. Cela lui a donné l'idée de comparer la vie des chrétiens à une course : « Courons avec endurance, j'ai achevé ma course. » Suivre Jésus demande un effort : pour prier, rendre service ou jouer à la récré avec celle ou celui tout seul. Mais après, comme dans le sport, on est super-heureux !

Père Emmanuel

Si tu veux écrire au Père Emmanuel

Cher Père Emmanuel, ...

....

....

....

....

Remplis ce coupon recto-verso, mets-le dans une enveloppe timbrée et envoie-le à :
Prions en Église Junior,
18, rue Barbès,
92128 Montrouge cedex

COURRIER

Pour le père Emmanuel. Un cheval qui mange de l'herbe.

Zélie, 11 ans

Chère Zélie,
Quel beau cheval tu nous envoies, merci beaucoup ! Il me fait penser à quelque chose : comme lui qui mange tranquillement sa nourriture, nous pourrions prendre, nous aussi, plaisir à nous laisser nourrir régulièrement et simplement par l'histoire de Jésus, non ?

Mon nom : ....

Mon prénom : ....

Ma date de naissance : ....

Mon adresse : ....

....

« Prions en Église Junior », ça m'aide à savoir ce qu'est la messe. J'en apprends plus en m'amusant. Merci beaucoup !

Ninon, 12 ans

Merci, Ninon, pour ton dessin, avec une jolie église sur ce papier jaune très lumineux, et pour ce que tu dis. Cela nous fait vraiment très plaisir. As-tu déjà partagé avec des amis ce que tu vis à la messe ?

Je suis enfant de chœur dans ma paroisse. J'ai déjà dit à tous mes camarades de classe qu'il manque des enfants de chœurs. Il y en a deux qui se sentent concernés, Zoé et Antoine.

Marion, 11 ans

Chère Marion,

Tu dis tout ton enthousiasme à servir à la messe. Bravo aussi de faire de la « pub » pour inviter tes camarades ! Tu expliques en avoir décidé deux, c'est déjà un grand succès. Quand je regarde les enfants servir, je m'émerveille toujours devant leurs gestes faits avec attention et sérieux. Jésus doit en être particulièrement touché !

Illustrations : Robin

SOMMAIRE

C'est... dimanche

PREMIÈRE LECTURE ★ PSAUME ★ ÉVANGILE

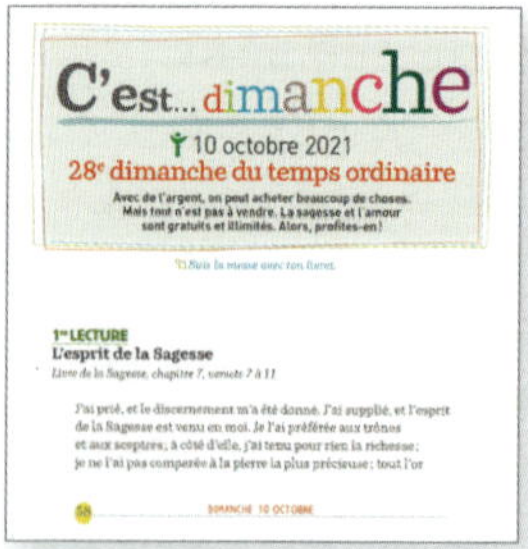

C'est... ma semaine

ENTRE CHAQUE DIMANCHE,
des idées pour agir tous les jours !

C'est... mon atelier

PRIÈRE * LITURGIE * MESSE * ART * CHANTS

MON ATELIER DE LA FOI

C'EST POUR PRIER p. 100
C'EST LA LITURGIE p. 102
C'EST LA MESSE p. 104
C'EST DANS L'ART p. 106
C'EST POUR CHANTER p. 108

99

Au centre de ton magazine

Un livret : L'ORDINAIRE DE LA MESSE
à détacher et à plier

Deux signets : LE SAINT et LA PRIÈRE
à découper et à collectionner

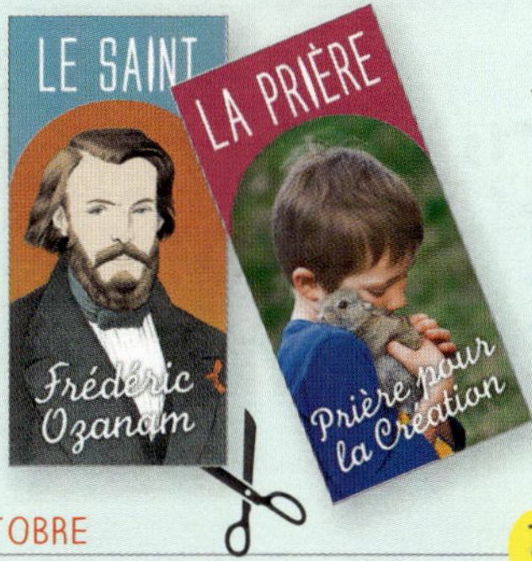

Pour fabriquer ton livret et tes signets, suis les explications dans le cahier central.

C'est... dimanche

5 septembre 2021

23e dimanche du temps ordinaire

Pour écouter Dieu, il faut que notre corps et notre cœur soient disponibles.
Quand Jésus guérit le sourd, il lui dit : « *Effata !* Ouvre-toi ! »
Toi aussi, dis à ton cœur : « *Effata !* Ouvre-toi ! »

Suis la messe avec ton livret.

1re LECTURE

Dieu promet de sauver le peuple d'Israël

Livre du prophète Isaïe, chapitre 35, versets 4 à 7a

Dites aux gens qui s'affolent : « Soyez forts, ne craignez pas. Voici votre Dieu : c'est la vengeance qui vient, la revanche de Dieu. Il vient lui-même et va vous sauver. » Alors se dessilleront les yeux des aveugles, et s'ouvriront les oreilles

des sourds. Alors le boiteux bondira comme un cerf, et la bouche du muet criera de joie ; car l'eau jaillira dans le désert, des torrents dans le pays aride. La terre brûlante se changera en lac, la région de la soif, en eaux jaillissantes.

PSAUME

Je veux louer
le Seigneur,
tant que je vis.

Psaume 145

Écoute maintenant la deuxième lecture.
Retrouve-la en intégralité sur prionseneglise.fr

Regarder au-delà des apparences

Lettre de saint Jacques 2, 1-5

Mes frères, dans votre foi en Jésus Christ, notre Seigneur de gloire, n'ayez aucune partialité envers les personnes.

JEU D'APRÈS LA 1re LECTURE

Mots miroir

À l'aide d'un miroir, décrypte ce que dit le prophète Isaïe au peuple d'Israël.

Écris ici la phrase que tu as trouvée :

....

....

Solution : Dites aux gens qui s'affolent : « Soyez forts, ne craignez pas. Voici votre Dieu. »

ÉVANGILE

Jésus guérit un homme sourd et muet

Évangile selon saint Marc 7, 31-37

En ce temps-là, Jésus quitta le territoire de Tyr ; passant par Sidon, il prit la direction de la mer de Galilée et alla en plein territoire de la Décapole. **Des gens lui amènent un sourd** qui avait aussi de la difficulté à parler, et supplient Jésus de poser la main sur lui. **Jésus** l'emmena à l'écart, loin de la foule, **lui mit les doigts dans les oreilles, et, avec sa salive, lui toucha la langue.** Puis, les yeux levés au ciel, il soupira et lui dit : ***« Effata ! »,*** c'est-à-dire : **« Ouvre-toi ! »** Ses oreilles s'ouvrirent ; sa langue se délia, et il parlait correctement. Alors Jésus leur ordonna de n'en rien dire à personne ; mais plus il leur donnait cet ordre, plus ceux-ci le proclamaient. Extrêmement frappés, ils disaient : **« Il a bien fait toutes choses :** il fait entendre les sourds et parler les muets. »

CE QUE JE DÉCOUVRE

Pour guérir le sourd-muet qu'on lui présente, Jésus lui déclare : **« *Effata!* »** Ce mot est en araméen, la langue de Jésus. Il veut dire : **« Ouvre-toi ! »** Aussitôt l'homme est guéri. Parfois, nous n'entendons pas la voix de Dieu, au plus profond de nous. Cette voix nous dit pourtant : **« Ouvre ton cœur, sois dans la joie, car je t'aime. »** Dieu veut que nous soyons heureux. Dans le silence de notre prière, il ouvre les oreilles de notre cœur et nous dit : « Tu comptes beaucoup à mes yeux. »

CE QUE JE VIS

- ★ As-tu déjà fait semblant de ne pas entendre tes parents, la maîtresse ?
- ★ Quelles paroles de Jésus t'aident à ouvrir ton cœur ?

⇨ Avec ton pouce, fais un beau signe de croix sur tes oreilles et dit : « Seigneur, que j'entende combien tu m'aimes. »

DU 1ER SEPTEMBRE AU 4 OCTOBRE 2021

C'est quoi le Temps de la Création ?

Le Temps de la Création a été créée par un orthodoxe en 1980 et, petit à petit, elle est devenue commune à tous les chrétiens. Elle commence chaque année le 1er septembre et se termine le 4 octobre, le jour de la fête de saint François d'Assise, patron de l'écologie. Comme tous les chrétiens, tu es invité à agir et à prier pour la Création particulièrement pendant ce mois. Ce n'est pas forcément faire de très grandes choses, mais d'être attentif chaque jour à ce qui t'entoure. Tu peux participer en triant les déchets avec ta famille, en semant des graines dans une jardinière ou dans un jardin, en aidant au nettoyage de la nature de ta commune ou de ton quartier... Ou encore prier pour la Création que Dieu nous a donnée : et si tu écrivais une prière pour le remercier de la Terre, ses animaux et ses habitants, que tu pourrais dire en famille ?

C'est... ma semaine

Du lundi 6 au samedi 11 septembre 2021

DES IDÉES POUR AGIR CHAQUE JOUR

Lundi 6 septembre

Bienheureux Bertrand de Garrigues

Je relis l'évangile de dimanche dernier, pages 12-13. J'écris un mot que j'ai aimé :

....

Mardi 7 septembre

Sainte Reine

Mon humeur est :

Mercredi 8 septembre

Nativité de la Vierge Marie

Je chante en famille un Je vous salue Marie.

Illustrations : Robin. Photo : AdobeStock

Jeudi 9 septembre

Bienheureux Frédéric Ozanam

Je découvre ce saint dans le signet au centre de mon *Prions en Église Junior.*

Vendredi 10 septembre

Bienheureuse Inès

Avec qui ai-je besoin de me réconcilier ? Et si je faisais le premier pas ?

Samedi 11 septembre

Saint Émilien

Je prie pour mes camarades de classe.

Ma mission de la semaine

Je découvre « Les ateliers du mercredi » sur *www.prionseneglise.fr/junior/ateliers-spi-mercredi.* Ils m'aident à me préparer à la célébration du dimanche. Je peux demander à mes parents de recevoir chaque semaine cette newsletter.

Prière autour de la table

Seigneur Jésus, que ce repas partagé nous donne les forces dont nous avons besoin pour servir nos frères. Amen.

C'est... dimanche

12 septembre 2021

24e dimanche du temps ordinaire

Le prophète Isaïe fait confiance à Dieu.
Jésus interroge ses disciples pour savoir ce que les gens disent de lui.
Pour Pierre, Jésus est l'envoyé de Dieu. Et pour toi, qui est Jésus ?

Suis la messe avec ton livret.

1re LECTURE

Dieu vient au secours de son serviteur

Livre du prophète Isaïe, chapitre 50, versets 5 à 9a

Le Seigneur mon Dieu m'a ouvert l'oreille, et moi, je ne me suis pas révolté, je ne me suis pas dérobé. J'ai présenté mon dos à ceux qui me frappaient, et mes joues à ceux qui m'arrachaient la barbe. Je n'ai pas caché ma face devant les outrages et les crachats. Le Seigneur mon Dieu vient à mon secours ;

c’est pourquoi je ne suis pas atteint par les outrages,
c’est pourquoi j’ai rendu ma face dure comme pierre : je sais que je ne serai pas confondu. Il est proche, Celui qui me justifie.
Quelqu’un veut-il plaider contre moi ?
Comparaissons ensemble ! Quelqu’un veut-il m’attaquer en justice ? Qu’il s’avance vers moi ! Voilà le Seigneur mon Dieu, il prend ma défense ; qui donc me condamnera ?

PSAUME
Je marcherai
en présence
du Seigneur
sur la terre
des vivants.
Psaume 114

Écoute maintenant la deuxième lecture.
Retrouve-la en intégralité sur prionseneglise.fr

Au service des autres

Lettre de saint Jacques 2, 14-18

Mes frères, si quelqu'un prétend avoir la foi, sans la mettre en œuvre, à quoi cela sert-il ? Sa foi peut-elle le sauver ?

JEU D'APRÈS LA 1re LECTURE

Anagramme

Remets les lettres dans l'ordre pour trouver les mots essentiels de la première lecture.

1. IEERUNSG
_ _ _ _ _ _ _ _

2. LÉVÉOTR
_ _ _ _ _ _ _

3. RESOGAUT
_ _ _ _ _ _ _ _

4. THARCACS
_ _ _ _ _ _ _ _

5. RESUSOC
_ _ _ _ _ _ _

6. SUIECTJ
_ _ _ _ _ _ _

7. NEFDÉES
_ _ _ _ _ _ _

Solution : 1. Seigneur ; 2. Révolté ; 3. Outrages ; 4. Crachats ; 5. Secours ; 6. Justice ; 7. Défense.

Pierre croit que Jésus

En ce temps-là, Jésus s'en alla, ainsi que ses disciples, vers les villages situés aux environs de Césarée-de-Philippe. Chemin faisant, il interrogeait ses disciples : **« Au dire des gens, qui suis-je ? »** Ils lui répondirent : « Jean le Baptiste ; pour d'autres, Élie ; pour d'autres, un des prophètes. » Et lui les interrogeait : « Et vous, que dites-vous ? Pour vous, qui suis-je ? » Pierre, prenant la parole, lui dit : **« Tu es le Christ. »** Alors, il leur défendit vivement de parler de lui à personne. Il commença à leur enseigner qu'il fallait que le Fils de l'homme souffre beaucoup, qu'il soit rejeté par les anciens, les grands prêtres et les scribes, qu'il soit tué, et que, trois jours après, il ressuscite. Jésus disait cette parole ouvertement. Pierre, le prenant à part, se mit à lui faire de vifs reproches. Mais Jésus se retourna et, voyant ses disciples, il interpella vivement Pierre : « Passe derrière moi, Satan ! Tes pensées ne sont pas celles de Dieu, mais celles des hommes. »

est le Christ

Évangile selon saint Marc 8, 27-35

Appelant la foule avec ses disciples, il leur dit : « **Si quelqu'un veut marcher à ma suite, qu'il renonce à lui-même, qu'il prenne sa croix et qu'il me suive.** Car celui qui veut sauver sa vie la perdra ; mais celui qui perdra sa vie à cause de moi et de l'Évangile la sauvera. »

CE QUE JE DÉCOUVRE

Pas facile de trouver un mot qui résume la mission de Jésus. Mais Pierre y parvient : **« Tu es le Christ »,** lui dit-il. Ce mot, Christ, vient du grec et signifie « celui qui a reçu l'onction d'huile ». Quand les rois d'Israël étaient choisis, on leur versait de l'huile sur la tête. C'était le signe qu'ils avaient une place à part pour guider leur peuple. **Jésus aussi a ce rôle unique**, mais plus encore : il est roi de tout l'univers. À tous les peuples, il annonce la victoire de l'amour et de la vie.

CE QUE JE VIS

★ Si Jésus te demandait : « Qui suis-je pour toi ? », que répondrais-tu ?

★ Cite trois mots qui servent à nommer le Christ.

⇨ Dans ta prière, redis cinq fois :
« Jésus, tu es le Messie,
j'ai confiance en toi. »

C'EST LA RENTRÉE DU CATÉ !

Enfant, Jésus allait-il au catéchisme ?

Jésus n'allait pas au catéchisme, puisque cela n'existait pas encore !
Mais il allait probablement à la synagogue les matins de sabbat, le jour consacré à Dieu, comme tous les enfants de son village, Nazareth. Il s'asseyait peut-être par terre, tourné en direction de Jérusalem, juste devant le grand chandelier à sept branches éclairant faiblement celui qui devait lire les prières. Jésus récitait sûrement avec tous les participants :
« Écoute, Israël !
Le Seigneur notre Dieu,
est le seul Seigneur. »

C'est... ma semaine

Du lundi 13 au samedi 18 septembre 2021

DES IDÉES POUR AGIR CHAQUE JOUR

Lundi 13 septembre

Saint Jean Chrysostome

Chrysostome est un surnom, il veut dire :

- ◯ bouche d'or
- ◯ dent d'or
- ◯ doigt d'or

Mardi 14 septembre

Fête de la Croix glorieuse

Je dessine ou je fabrique une croix pour mon coin prière.

Mercredi 15 septembre

Notre-Dame des sept Douleurs

Je fais le jeu de la première lecture page 21.

Réponse : Jean Chrysostome a été surnommé bouche d'or, car il parlait avec éloquence. Il annonçait que Dieu aime chaque homme d'un amour infini car il veut le sauver.

Illustrations : Robin. Photo : AdobeStock

Jeudi 16 septembre
Corneille et Cyprien

Je prie en chantant *En toi tout recommence !* pages 110 à 111.

Vendredi 17 septembre
Sainte Hildegarde de Bingen

Je prie et remercie Dieu pour la beauté de la nature.

Samedi 18 septembre
Sainte Océane

En un mot, comment était ma semaine ?

....

Ma mission de la semaine

Je propose à quelqu'un de ma famille de m'accompagner mettre un cierge à l'église la plus proche pour montrer notre foi en Jésus.

Prière autour de la table

Seigneur, bénis notre repas.
Que nous puissions partager les joies de la journée.
Amen.

C'est... dimanche

19 septembre 2021
25e dimanche du temps ordinaire

Plus on grandit, plus on fait des choses tout seul. Mais on aime bien qu'un adulte veille sur nous. C'est un peu ce que Jésus dit à ses amis : ayez confiance en vous, mais toujours sous le regard de Dieu.

Suis la messe avec ton livret.

1re LECTURE
Dieu défend les hommes justes

Livre de la Sagesse, chapitre 2, versets 12 et 17 à 20

Ceux qui méditent le mal se disent en eux-mêmes : « Attirons le juste dans un piège, car il nous contrarie, il s'oppose à nos entreprises, il nous reproche de désobéir à la loi de Dieu, et nous accuse d'infidélités à notre éducation. Voyons si ses paroles sont vraies, regardons comment il en sortira.

Si le juste est fils de Dieu, Dieu l'assistera, et l'arrachera aux mains de ses adversaires. Soumettons-le à des outrages et à des tourments ; nous saurons ce que vaut sa douceur, nous éprouverons sa patience. Condamnons-le à une mort infâme, puisque, dit-il, quelqu'un interviendra pour lui. »

Le Seigneur
est mon appui
entre tous.

Psaume 53

Écoute maintenant la deuxième lecture.
Retrouve-la en intégralité sur prionseneglise.fr

La sagesse de Dieu amène la paix

Lettre de saint Jacques 3, 16 – 4, 3

Bien-aimés, la jalousie et les rivalités mènent au désordre et à toutes sortes d'actions malfaisantes. Au contraire, la sagesse...

JEU D'APRÈS LA 1re LECTURE

Labyrinthe

Aide le juste à sortir du piège tendu par les méchants.

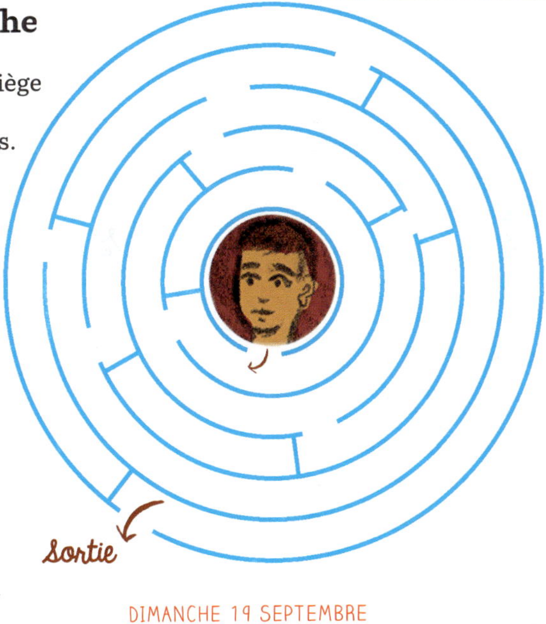

ÉVANGILE

Qui est le plus grand ?

Évangile selon saint Marc 9, 30-37

En ce temps-là, Jésus traversait la Galilée avec ses disciples, et il ne voulait pas qu'on le sache, car il enseignait ses disciples en leur disant : « Le Fils de l'homme est livré aux mains des hommes ; ils le tueront et, trois jours après sa mort, il ressuscitera. » Mais les disciples ne comprenaient pas ces paroles et ils avaient peur de l'interroger. Ils arrivèrent à Capharnaüm, et, une fois à la maison, Jésus leur demanda : « De quoi discutiez-vous en chemin ? » Ils se taisaient, car, en chemin, **ils avaient discuté entre eux pour savoir qui était le plus grand.** S'étant assis, Jésus appela les Douze et leur dit : « Si quelqu'un veut être le premier, qu'il soit le dernier de tous et le serviteur de tous. » **Prenant alors un enfant, il le plaça au milieu d'eux, l'embrassa,** et leur dit : **« Quiconque accueille en mon nom un enfant comme celui-ci, c'est moi qu'il accueille. Et celui qui m'accueille, ce n'est pas moi qu'il accueille, mais Celui qui m'a envoyé. »**

CE QUE JE DÉCOUVRE

Les disciples s'interrogent pour savoir **qui est le plus grand.** En guise de réponse, Jésus prend un enfant et le place au milieu d'eux. « Celui qui accueille un enfant, c'est moi qu'il accueille », leur dit-il. C'est surprenant. Mais Jésus, lui aussi, est un enfant : il est le Fils de Dieu. Nous aussi, grâce à Jésus, **nous sommes tous des enfants de Dieu.** Et Dieu nous accueille tels que nous sommes.

CE QUE JE VIS

★ Quand veux-tu être le plus grand, le plus fort ?

★ Quand tu invites quelqu'un chez toi, à quoi fais-tu attention pour bien l'accueillir ?

Assieds-toi en tailleur.
Mets tes mains sur tes genoux.
Prie en répétant : « Jésus,
tu m'aimes comme je suis. »

Texte : P. Cédric Kuntz. Illustrations (pp. 32-34) : Marcelino Truong

LES SCOUTS UNITAIRES DE FRANCE FÊTENT LEURS 50 ANS.

« J'aime les messages en morse »

Agathe, 8 ans, Fontenay-sous-Bois (Val-de-Marne)

« Je suis arrivée chez les jeannettes l'an dernier.
J'aime les activités, notamment la messe, car il y a de nombreux chants, et j'adore chanter. Parmi les jeux, j'aime décoder les messages en morse, comme lors d'un jeu de piste à Paris. Je trouve également chouettes les « rassemblements », en début et en fin de journée. C'est le moment où nous, les jeannettes, sortons de nos cachettes à l'appel des cheftaines. Nous nous mettons en carré, nous prions, les cheftaines nous parlent des activités de la journée, remettent des badges à certaines d'entre nous. En avril dernier, j'ai reçu mon premier badge, une fleur bleue, qui symbolise le baptême. Elle récompense l'effort que j'avais choisi à la rentrée : ranger mon bureau. »

Texte : P. Thibault Van Den Driessche. Photo : DR.

C'est... ma semaine

Du lundi 20 au samedi 25 septembre 2021

DES IDÉES POUR AGIR CHAQUE JOUR

Lundi 20 septembre

Saint André Kim et ses compagnons, martyrs en Corée

Je prie pour tous ceux qui meurent pour leur foi.

Mardi 21 septembre

Saint Matthieu

Saint Matthieu était :

- un imposteur ?
- un collecteur d'impôts ?
- un postier ?

Mercredi 22 septembre

Saint Lô

Je relis le psaume 53 page 30 et je regarde l'image.

Combien de feuilles au sol ? Mercredi, c'est l'automne.

Réponse : saint Matthieu s'appelait Lévi. Il était collecteur d'impôts. Quand Jésus l'appela, il quitta tout pour le suivre (Luc 5, 27-28).

Illustrations : Robin. Photo : AdobeStock

Jeudi 23 septembre
Saint Pio
Je lis « C'est pour prier » pages 100-101.

Vendredi 24 septembre
Saint Anatole
Je repense à un moment que j'ai aimé aujourd'hui.

Samedi 25 septembre
Sainte Aurélie
Je prie pour ma catéchiste.

Ma mission de la semaine

Avec ma famille ou mes amis, on se met en cercle. Je dis cette phrase à l'oreille de mon voisin : « Celui qui m'accueille, ce n'est pas moi qu'il accueille, mais celui qui m'a envoyé. » Puis mon voisin répète à l'oreille de son voisin. La dernière personne du cercle dit la phrase à voix haute.

Prière autour de la table

Seigneur, merci pour la nourriture déposée sur notre table. Bénis-la et bénis chacun d'entre nous. Amen.

C'est... dimanche

26 septembre 2021

26e dimanche du temps ordinaire

Josué se plaint. Moïse n'est pas le seul à parler au nom de Dieu. Les disciples aussi veulent être les seuls à agir au nom de Jésus. Jésus n'est pas de leur avis. Il faut se réjouir avec ceux qui font le bien.

Suis la messe avec ton livret.

1re LECTURE

Dieu donne aux anciens son esprit

Livre des Nombres, chapitre 11, versets 25 à 29

En ces jours-là, le Seigneur descendit dans la nuée pour parler avec Moïse. Il prit une part de l'esprit qui reposait sur celui-ci, et le mit sur les 70 anciens. Dès que l'esprit reposa sur eux, ils se mirent à prophétiser, mais cela ne dura pas.

Or, deux hommes étaient restés dans le camp ; l'un s'appelait Eldad, et l'autre Médad. L'esprit reposa sur eux ; eux aussi avaient été choisis, mais ils ne s'étaient pas rendus à la Tente, et c'est dans le camp qu'ils se mirent à prophétiser. Un jeune homme courut annoncer à Moïse : « Eldad et Médad prophétisent dans le camp ! » Josué, fils de Noun, auxiliaire de Moïse depuis sa jeunesse, prit la parole : « Moïse, mon maître, arrête-les ! » Mais Moïse lui dit : « Serais-tu jaloux pour moi ? Ah ! Si le Seigneur pouvait faire de tout son peuple un peuple de prophètes ! Si le Seigneur pouvait mettre son esprit sur eux ! »

Illustration : Hélène Guillem

Illustration : Barbara Nascimbeni

Écoute maintenant la deuxième lecture.
Retrouve-la en intégralité sur prionseneglise.fr

Quelle est la vraie richesse ?

Lettre de saint Jacques 5, 1-6

Vous autres, maintenant, les riches ! Pleurez, lamentez-vous sur les malheurs qui vous attendent. Vos richesses sont pourries…

JEU D'APRÈS LA 1re LECTURE

Quiz

Relis la première lecture pour répondre à ce quiz.

1. Pourquoi le Seigneur descend-il dans la nuée ?

A. Parce qu'il s'ennuie au ciel.
B. Pour parler avec Moïse.
C. Pour réparer les tables de la Loi.

2. Dieu a mis son esprit sur Moïse. À qui le donne-t-il aussi ?

A. Aux 70 anciens.
B. Aux 101 dalmatiens.
C. Aux 40 voleurs.

3. Qui est resté dans le camp ?

A. Eldad et Médad.
B. Kristoff et Sven.
C. Hansel et Gretel.

4. Qui demande à Moïse d'arrêter les deux hommes ?

A. Dieu.
B. Myriam, la sœur de Moïse.
C. Josué, l'assistant de Moïse.

5. L'esprit de Dieu permet à ceux qui le reçoivent :

A. De prophétiser.
B. De combattre sans peur.
C. De descendre dans une nuée.

Solution : 1. B ; 2. A ; 3. A ; 4. C ; 5. A.

Quelqu'un guérit au

En ce temps-là, Jean, l'un des Douze, disait à Jésus : **« Maître, nous avons vu quelqu'un expulser les démons en ton nom ; nous l'en avons empêché, car il n'est pas de ceux qui nous suivent. » Jésus répondit : « Ne l'en empêchez pas,** car celui qui fait un miracle en mon nom ne peut pas, aussitôt après, mal parler de moi ; **celui qui n'est pas contre nous est pour nous. Et celui qui vous donnera un verre d'eau au nom de votre appartenance au Christ, amen, je vous le dis, il ne restera pas sans récompense.** Celui qui est un scandale, une occasion de chute, pour un seul de ces petits qui croient en moi, mieux vaudrait pour lui qu'on lui attache au cou une de ces meules que tournent les ânes, et qu'on le jette à la mer. Et si ta main est pour toi une occasion de chute, coupe-la. Mieux vaut pour toi entrer manchot dans la vie éternelle que de t'en aller dans la géhenne avec tes deux mains, là où le feu ne s'éteint pas. Si ton pied est pour toi une occasion de chute, coupe-le. Mieux vaut pour toi entrer estropié dans

nom de Jésus

Évangile selon saint Marc 9, 38-43. 45. 47-48

la vie éternelle que de t'en aller dans la géhenne avec tes deux pieds. Si ton œil est pour toi une occasion de chute, arrache-le. Mieux vaut pour toi entrer borgne dans le royaume de Dieu que de t'en aller dans la géhenne avec tes deux yeux, là où le ver ne meurt pas et où le feu ne s'éteint pas. »

CE QUE JE DÉCOUVRE

La mission des Apôtres, c'est de chasser les démons. Ils ne sont pas contents quand d'autres font aussi bien qu'eux au nom de Jésus. Ils sont un peu jaloux. Alors, Jésus les gronde. Quand on est un ami de Jésus, on n'est pas meilleur que les autres. **Être ami de Jésus, c'est faire le bien. Même un petit geste comme donner un simple verre d'eau.** Faire le bien, c'est être pour Jésus. C'est être contre le mal. Tout le bien qui est fait rend le monde plus beau.

CE QUE JE VIS

- Comme les Apôtres, t'arrive-t-il aussi d'être jaloux ? À quel moment ?
- Raconte le dernier « petit geste » qui montre que tu es un ami de Jésus.

⇨ Avec un adulte, allume une bougie. Prie pour une personne qui t'a fait du bien.

Texte : P. Cédric Kuntz. Illustrations (pp. 42-44) : Marcelino Truong

LE 29 SEPTEMBRE, ON FÊTE LES ARCHANGES.

Qui sont Michel, Gabriel et Raphaël ?

Texte : Geoffrey Defebvre/Geneviève Pasquier. Photo : Electa/Leemage

Mercredi prochain, on fête les archanges Michel, Gabriel et Raphaël. Ils annoncent aux hommes des messages importants de la part de Dieu.

Michel signifie « Qui donc est comme Dieu ? » Dans le livre de l'Apocalypse, Michel combat le dragon, symbole du mal. Il nous rappelle que l'amour de Dieu est plus fort que le mal.

Gabriel signifie « Dieu s'est montré fort ». Dans la Bible, Gabriel explique la volonté de Dieu et annonce la venue du Messie, Jésus.

Raphaël signifie « Dieu guérit ». Dans la Bible, il aide le prophète Tobie à guérir son père aveugle.

C'est... ma semaine

Du lundi 27 septembre au samedi 2 octobre 2021

DES IDÉES POUR AGIR CHAQUE JOUR

Lundi 27 septembre

Saint Vincent de Paul

Pour aider les plus pauvres, ce saint a fondé :

- ○ la Compagnie des Filles de la Bonté.
- ○ la Compagnie des Filles de la Charité.
- ○ la Compagnie des Filles les plus pauvres.

Mercredi 29 septembre

Saints archanges Michel, Gabriel et Raphaël

Je lis « C'est dans l'art » pages 106-107 et je découvre le Temps de la Création page 15.

Mardi 28 septembre

Saint Venceslas

Qu'est-ce qui m'a le plus étonné aujourd'hui ?

....

Des branches, des feuilles : on fait un abri aux hérissons ?

Réponse : saint Vincent de Paul (1581-1660) s'est mis au service des plus pauvres : les malades, les galériens, les « enfants trouvés ». Pour les aider, il a fondé la Compagnie des Filles de la Charité.

Illustrations : Robin. Photo : AdobeStock

Jeudi 30 septembre

Saint Jérôme

Saint Jérôme a mis la Bible au cœur de sa vie : et si je décidais de relire chaque semaine les textes du dimanche ?

Vendredi 1er octobre

Sainte Thérèse de l'Enfant-Jésus

Je chante *Pour entrer dans le silence* pages 108-109.

Samedi 2 octobre

Saints Anges gardiens

Je demande à mon ange gardien de me protéger.

Ma mission de la semaine

J'écris au père Emmanuel (*voir page 3*) pour lui raconter un moment où je me suis senti ami de Jésus.

Prière autour de la table

**Merci Seigneur pour tous tes bienfaits.
Garde nos âmes dans la paix, et que nos cœurs joyeux te chantent à tout jamais.**

C'est... dimanche

3 octobre 2021

27e dimanche du temps ordinaire

Dieu ne nous crée pas tout seul. Quand on est seul, on s'ennuie vite. C'est beaucoup plus amusant de partager ! Dieu veut partager l'amour qu'il porte à chacun. Et toi, es-tu prêt à partager l'amour qui est en toi ?

Suis la messe avec ton livret.

1re LECTURE

Dieu crée une femme

Livre de la Genèse, chapitre 2, versets 18 à 24

Le Seigneur Dieu dit : « Il n'est pas bon que l'homme soit seul. Je vais lui faire une aide qui lui correspondra. » Avec de la terre, le Seigneur Dieu modela toutes les bêtes des champs et tous les oiseaux du ciel, et il les amena vers l'homme pour voir quels noms il leur donnerait. C'étaient des êtres vivants, et l'homme

donna un nom
à chacun. L'homme
donna donc leurs noms
à tous les animaux,
aux oiseaux du ciel
et à toutes les bêtes
des champs. Mais il
ne trouva aucune aide
qui lui corresponde.
Alors le Seigneur Dieu
fit tomber sur lui un
sommeil mystérieux,
et l'homme s'endormit.
Le Seigneur Dieu prit
une de ses côtes, puis
il referma la chair à sa place. Avec la côte qu'il avait prise à l'homme, il façonna une femme et il l'amena vers l'homme. L'homme dit alors : « Cette fois-ci, voilà l'os de mes os et la chair de ma chair ! On l'appellera femme – Ishsha –, elle qui fut tirée de l'homme – Ish. » À cause de cela, l'homme quittera son père et sa mère, il s'attachera à sa femme, et tous deux ne feront plus qu'un.

Illustration : Helene Guillem

Que le Seigneur
nous bénisse tous
les jours de notre vie !

Psaume 127

Illustration : Anouck Boisrobert

Écoute maintenant la deuxième lecture.
Retrouve-la en intégralité sur prionseneglise.fr

Jésus ressuscité est notre frère

Lettre aux Hébreux 2, 9-11

Frères, Jésus, qui a été abaissé un peu au-dessous des anges, nous le voyons couronné de gloire et d'honneur à cause de sa Passion...

JEU D'APRÈS LA 1re LECTURE

Les 7 erreurs. Cherche les 7 différences entre les deux images.

Illustration : Estelle Chandelier

Solution : la colline ; les deux pommes ; le lion et la lionne inversés ; le bras d'Adam ; le mouton inversé ; les plumes du perroquet ; le troisième tronc d'arbre.

Ne pas séparer ce que

En ce temps-là, des pharisiens abordèrent Jésus et, pour le mettre à l'épreuve, ils lui demandaient : « Est-il permis à un mari de renvoyer sa femme ? » Jésus leur répondit : « Que vous a prescrit Moïse ? » Ils lui dirent : « Moïse a permis de renvoyer sa femme à condition d'établir un acte de répudiation. » Jésus répliqua : **« C'est en raison de la dureté de vos cœurs qu'il a formulée pour vous cette règle.** Mais, au commencement de la création, Dieu les fit homme et femme. À cause de cela, l'homme quittera son père et sa mère, il s'attachera à sa femme, et tous deux deviendront une seule chair. Ainsi, ils ne sont plus deux, mais une seule chair. Donc, ce que Dieu a uni, que l'homme ne le sépare pas ! » De retour à la maison, les disciples l'interrogeaient de nouveau sur cette question. Il leur déclara : « Celui qui renvoie sa femme et en épouse une autre devient adultère envers elle. Si une femme qui a renvoyé son mari en épouse un autre, elle devient adultère. » **Des gens présentaient à Jésus des enfants pour qu'il pose la main sur eux ; mais les disciples les écartèrent vivement**. Voyant cela, Jésus se fâcha et leur dit :

Dieu unit

Évangile selon saint Marc 10, 2-16

« Laissez les enfants venir à moi, ne les empêchez pas, car le royaume de Dieu est à ceux qui leur ressemblent. Amen, je vous le dis : celui qui n'accueille pas le royaume de Dieu à la manière d'un enfant n'y entrera pas. » **Il les embrassait et les bénissait en leur imposant les mains.**

CE QUE JE DÉCOUVRE

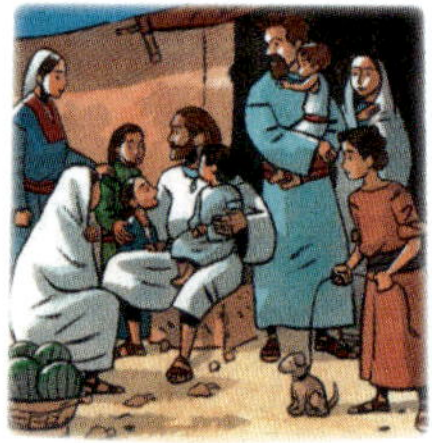

Quand des enfants sont présentés à Jésus, les disciples veulent les éloigner. Ils pensent que Jésus doit s'occuper des adultes. Mais **pour Jésus, les enfants sont importants.** Et même, certaines de leurs qualités aident à **accueillir la Bonne Nouvelle.** Un enfant sait qu'il n'est pas tout-puissant, qu'il a plein de choses à apprendre, mais aussi qu'il peut compter sur ses parents. Comme Dieu est pour nous un père : il nous guide en nous prenant la main.

CE QUE JE VIS

- ★ En quelles personnes as-tu le plus confiance ?
- ★ As-tu déjà senti l'aide de Jésus quand tu avais l'une ou l'autre difficulté ? À quels moments ?

⇨ Dessine, pour ton coin prière, Jésus en train de te bénir, toi et d'autres enfants.

Texte : P. Thibault Van Den Driessche. Illustrations (pp. 52-54) : Marcelino Truong

LE 1ER OCTOBRE, C'EST LA JOURNÉE INTERNATIONALE DES PERSONNES ÂGÉES.

« Je visite mon arrière-grand-mère »

Maëlle, 10 ans, Cuincy (Nord)

« Tous les vendredis après l'école, accompagnée de maman et de ma sœur, je rendais visite à mon arrière-grand-mère.
Elle s'appelait Marguerite. Au début, nous allions la voir chez elle. Comme elle était en bonne santé, elle nous préparait toujours un goûter. Puis elle est partie dans une maison de retraite. Bien entendu, maman, ma sœur et moi continuions à passer du temps avec elle. Ces visites étaient importantes pour elle. Cela lui permettait d'avoir un peu de compagnie. Et pour moi, c'était un bonheur d'aller la voir. Elle était si gentille et aimait tant nous faire plaisir. En lui rendant visite, je voulais lui rendre tout l'amour qu'elle me donnait. Malheureusement, elle est décédée l'année dernière, à 94 ans. Elle me manque beaucoup. »

Texte : P. Thibault Van Den Driessche. Photo : Véronique Motte

C'est... ma semaine

Du lundi 4 au samedi 9 octobre 2021

DES IDÉES POUR AGIR CHAQUE JOUR

Lundi 4 octobre
Saint François d'Assise

Je lis la prière du signet au centre de mon *Prions en Église Junior*.

Mardi 5 octobre
Sainte Faustine

Faustine signifie « heureuse ». Qu'est-ce qui me rend heureux ?

……………………………

Mercredi 6 octobre
Saint Bruno

Avant d'être moine, saint Bruno était :

- ◯ professeur ?
- ◯ potier ?
- ◯ soldat ?

Réponse : avant de fonder l'ordre des Chartreux, saint Bruno était professeur de théologie. Il a vécu en Europe au XIe siècle.

Illustrations : Robin. Photo : Adobestock

Jeudi 7 octobre

Notre-Dame du Rosaire

Je récite un Je vous salue Marie.

Vendredi 8 octobre

Sainte Thaïs

Je lis « C'est la liturgie », pages 102-103.

Samedi 9 octobre

Bienheureuse Sibylle

Comment s'est passée ma semaine :

- ◯ joyeuse ?
- ◯ triste ?
- ◯ calme ?

Ma mission de la semaine

Et si je réalisais un des « Ateliers du mercredi » ? Je demande à mes parents de m'inscrire pour recevoir chaque semaine cette newsletter sur *www.prionseneglise.fr/junior/ateliers-spi-mercredi* et préparer la célébration du dimanche.

Prière autour de la table

**Bénis le Seigneur, ô mon âme,
n'oublie aucun de ses bienfaits !**

Psaume 102, 2

C'est... dimanche

10 octobre 2021

28e dimanche du temps ordinaire

Avec de l'argent, on peut acheter beaucoup de choses. Mais tout n'est pas à vendre. La sagesse et l'amour sont gratuits et illimités. Alors, profites-en !

Suis la messe avec ton livret.

1re LECTURE

L'esprit de la Sagesse

Livre de la Sagesse, chapitre 7, versets 7 à 11

J'ai prié, et le discernement m'a été donné. J'ai supplié, et l'esprit de la Sagesse est venu en moi. Je l'ai préférée aux trônes et aux sceptres ; à côté d'elle, j'ai tenu pour rien la richesse ; je ne l'ai pas comparée à la pierre la plus précieuse ; tout l'or

LE SAINT

Frédéric Ozanam

LA PRIÈRE

Prière pour la Création

LA PRIÈRE

Prière pour la Création

Dieu aimant,
Créateur du ciel, de la terre
et de tout ce qu'ils contiennent.

Ouvre nos esprits et touche nos cœurs,
afin que nous puissions faire partie
de la Création, ton don.

[...]

Assure-toi que nous puissions écouter
et répondre au cri de la terre
et au cri des pauvres.

Extrait de la prière du pape François, 24 mai 2020,
à l'occasion des 5 ans de l'encyclique *Laudato si'*.

Photo : AdobeStock

LE SAINT

Frédéric Ozanam

(1813-1853)

Il est le fils d'un médecin qui soigne souvent gratuitement les malades et d'une mère qui porte secours à des familles pauvres. Il fait ses études à Paris où il découvre des familles habitant dans des logements misérables. Pour leur venir en aide, il fonde la Société de Saint-Vincent-de-Paul en avril 1833. Avec des amis, il visite les malades à domicile pour les soutenir et rompre leur isolement.

Fête : le 9 septembre.

Comment le reconnaître ? Comme il a été journaliste et brillant professeur (en droit, en littérature), on le représente en intellectuel sérieux.

Atout : défendre la foi, la jeunesse et l'injustice.

« Frédéric Ozanam puise ses forces dans la prière. Seigneur, inspire-moi des idées pour aider ceux qui m'entourent. »

Que la paix du Seigneur soit toujours avec vous.

Et avec votre esprit.

Frères, dans la charité du Christ,
donnez-vous la paix.

Pour se donner la paix du Christ, on échange un geste : un sourire, un regard...

Le chant de la fraction du pain

Agneau de Dieu, qui enlèves le péché du monde,
prends pitié de nous.
Agneau de Dieu, qui enlèves le péché du monde,
prends pitié de nous.
Agneau de Dieu, qui enlèves le péché du monde,
donne-nous la paix.

La communion

Heureux les invités au repas du Seigneur !
Voici l'Agneau de Dieu qui enlève le péché du monde.
Seigneur, je ne suis pas digne de te recevoir ;
mais dis seulement une parole et je serai guéri.

Si tu as fait ta première communion, tu peux aller communier.
Sinon, tu t'avances vers le prêtre les bras croisés
sur ta poitrine pour recevoir la bénédiction de Dieu.

La prière après la communion

LE TEMPS DE L'ENVOI

On se lève.

Le Seigneur soit avec vous.

Et avec votre esprit.

Que Dieu tout-puissant vous bénisse,

On fait le signe de croix.

le Père, le Fils et le Saint-Esprit. **Amen.**
Allez, dans la paix du Christ.

Nous rendons grâce à Dieu.

On se prépare dans le silence.

LE TEMPS DE L'ACCUEIL

On se lève.
On fait le signe de la croix.

Au nom du Père, et du Fils, et du Saint-Esprit.

Amen.

Il existe trois manières d'accueillir. En voici une :

Le Seigneur soit avec vous.

Et avec votre esprit.

La préparation pénitentielle

Tu peux regarder la croix.

Il existe trois manières de demander pardon. En voici une :

Je confesse à Dieu tout-puissant,
je reconnais devant mes frères
que j'ai péché en pensée, en parole,
par action et par omission ;
oui j'ai vraiment péché.

On se frappe la poitrine.

C'est pourquoi je supplie la Vierge Marie,
les anges et tous les saints, et vous aussi,
mes frères, de prier pour moi le Seigneur notre Dieu.

Que Dieu tout-puissant nous fasse miséricorde ;
qu'il nous pardonne nos péchés
et nous conduise à la vie éternelle.

Amen.

Gloire à Dieu

Gloire à Dieu, au plus haut des cieux,
Et paix sur la terre aux hommes qu'il aime.
Nous te louons, nous te bénissons, nous t'adorons.
Nous te glorifions, nous te rendons grâce,
pour ton immense gloire,
Seigneur Dieu, Roi du ciel,
Dieu le Père tout-puissant.

Seigneur, Fils unique, Jésus Christ,
Seigneur Dieu, Agneau de Dieu, le Fils du Père ;
toi qui enlèves le péché du monde,
prends pitié de nous ;
toi qui enlèves le péché du monde,
reçois notre prière ;
toi qui es assis à la droite du Père,
prends pitié de nous.
Car toi seul es saint, toi seul es Seigneur,
toi seul es le Très-Haut : Jésus Christ,
avec le Saint-Esprit, dans la gloire
de Dieu le Père. Amen.

LE TEMPS DE LA PAROLE

On s'assoit.

La 1re lecture – Le psaume – La 2e lecture

À la fin de chaque lecture, le lecteur dit :
Parole du Seigneur.

Nous rendons grâce à Dieu.

L'Évangile

On se lève.
On chante "Alléluia".

Le Seigneur soit avec vous.

Et avec votre esprit.

Évangile de Jésus Christ selon saint...

Gloire à toi, Seigneur.

À la fin de l'Évangile, le prêtre dit :
Acclamons la parole de Dieu.

Louange à toi, Seigneur Jésus.

L'homélie

On s'assoit.

La profession de foi

On se lève.

Je crois en Dieu, le Père tout-puissant,
créateur du ciel et de la terre.
Et en Jésus Christ, son Fils unique,

notre Seigneur, qui a été conçu
du Saint-Esprit, est né de la Vierge Marie,
a souffert sous Ponce Pilate,
a été crucifié, est mort et a été enseveli,
est descendu aux enfers,
le troisième jour, est ressuscité des morts,
est monté aux cieux, est assis à la droite
de Dieu le Père tout-puissant,
d'où il viendra juger les vivants et les morts.
Je crois en l'Esprit Saint,
à la sainte Église catholique,
à la communion des saints,
à la rémission des péchés,
à la résurrection de la chair,
à la vie éternelle. Amen.

La prière universelle

Un lecteur lit une prière pour l'Église et pour le monde.

On chante un refrain.

LE TEMPS DE L'EUCHARISTIE

On s'assoit.

La préparation des dons
La prière sur les offrandes

On se lève et on regarde l'autel.

Prions ensemble, au moment d'offrir
le sacrifice de toute l'Église.

Pour la gloire de Dieu et le Salut du monde.

La préface

Le Seigneur soit avec vous.

Et avec votre esprit.

Élevons notre cœur.

Nous le tournons vers le Seigneur.

Rendons grâce au Seigneur notre Dieu.

Cela est juste et bon.

La prière de la préface est adressée à Dieu le Père.
Elle commence toujours par :
« Vraiment, il est juste et bon... »

Le Sanctus

Saint ! Saint ! Saint, le Seigneur,
Dieu de l'univers !
Le ciel et la terre sont remplis de ta gloire.
Hosanna au plus haut des cieux.
Béni soit celui qui vient au nom du Seigneur.
Hosanna au plus haut des cieux.

La prière eucharistique

Il existe 13 prières eucharistiques. Voici la deuxième.
On se recueille, certains se mettent à genoux.

Toi qui es vraiment saint, toi qui es la source
de toute sainteté, nous voici rassemblés devant
toi, et, dans la communion de toute l'Église,
en ce premier jour de la semaine, nous célébrons
le jour où le Christ est ressuscité d'entre les morts.
Par lui que tu as élevé à ta droite, Dieu notre Père,
nous te prions :
Sanctifie ces offrandes en répandant sur elles
ton Esprit ; qu'elles deviennent pour nous le corps
et le sang de Jésus, le Christ, notre Seigneur.
Au moment d'être livré et d'entrer librement
dans sa Passion, il prit le pain, il rendit grâce,
il le rompit et le donna à ses disciples, en disant :

« Prenez, et mangez-en tous :
ceci est mon corps livré pour vous. »

On regarde l'hostie.
Puis on incline la tête.

De même, à la fin du repas, il prit la coupe ;
de nouveau il rendit grâce,
et la donna à ses disciples, en disant :

« Prenez, et buvez-en tous, car ceci est la coupe de mon sang, le sang de l'Alliance nouvelle et éternelle, qui sera versé pour vous et pour la multitude en rémission des péchés. Vous ferez cela, en mémoire de moi. »

On regarde le calice. Puis on incline la tête.

Voici une des trois manières de faire mémoire de la mort et de la résurrection du Christ :

Quand nous mangeons ce pain et buvons à cette coupe, nous célébrons le mystère de la foi :

Nous rappelons ta mort, Seigneur ressuscité, et nous attendons que tu viennes.

Faisant ici mémoire de la mort et de la résurrection de ton Fils, nous t'offrons, Seigneur, le pain de la vie et la coupe du salut, et nous te rendons grâce, car tu nous as choisis pour servir en ta présence. Humblement, nous te demandons qu'en ayant part au corps et au sang du Christ, nous soyons rassemblés par l'Esprit Saint en un seul corps.

Prière pour l'Église

Souviens-toi, Seigneur, de ton Église répandue à travers le monde : fais-la grandir dans ta charité avec le pape..., notre évêque..., et tous ceux qui ont la charge de ton peuple.

Prière pour les morts

Souviens-toi aussi de nos frères qui se sont endormis dans l'espérance de la résurrection, et de tous les hommes qui ont quitté cette vie : reçois-les dans ta lumière, auprès de toi.

Prière pour nous

Sur nous tous enfin, nous implorons ta bonté : permets qu'avec la Vierge Marie, la bienheureuse Mère de Dieu, avec saint Joseph, son époux, avec les Apôtres et les saints de tous les temps qui ont vécu dans ton amitié, nous ayons part à la vie éternelle, et que nous chantions ta louange, par Jésus Christ, ton Fils bien-aimé.

On regarde l'hostie et le calice.

Par lui, avec lui et en lui, à toi, Dieu le Père tout-puissant, dans l'unité du Saint-Esprit, tout honneur et toute gloire pour les siècles des siècles.

Amen.

Le Notre Père

On ouvre les mains.

Unis dans le même Esprit, nous pouvons dire avec confiance la prière que nous avons reçue du Sauveur :

Notre Père, qui es aux cieux,
que ton nom soit sanctifié,
que ton règne vienne,
que ta volonté soit faite
sur la terre comme au ciel.
Donne-nous aujourd'hui notre pain de ce jour.
Pardonne-nous nos offenses,
comme nous pardonnons aussi
à ceux qui nous ont offensés.
Et ne nous laisse pas entrer en tentation,
mais délivre-nous du Mal.

Délivre-nous de tout mal, Seigneur, et donne la paix à notre temps ; par ta miséricorde, libère-nous du péché, rassure-nous devant les épreuves en cette vie où nous espérons le bonheur que tu promets et l'avènement de Jésus Christ, notre Sauveur.

Car c'est à toi qu'appartiennent le règne, la puissance et la gloire, pour les siècles des siècles !

La paix

Seigneur Jésus Christ, tu as dit à tes Apôtres : « Je vous laisse la paix, je vous donne ma paix » ; ne regarde pas nos péchés mais la foi de ton Église ; pour que ta volonté s'accomplisse, donne-lui toujours cette paix, et conduis-la vers l'unité parfaite, toi qui règnes pour les siècles des siècles.

Amen.

À TOI DE FABRIQUER…

TES DEUX SIGNETS & TON LIVRET

1.

Détache les deux feuillets au centre de ton "Prions en Église Junior".

LES DEUX SIGNETS : LE SAINT ET LA PRIÈRE

2.

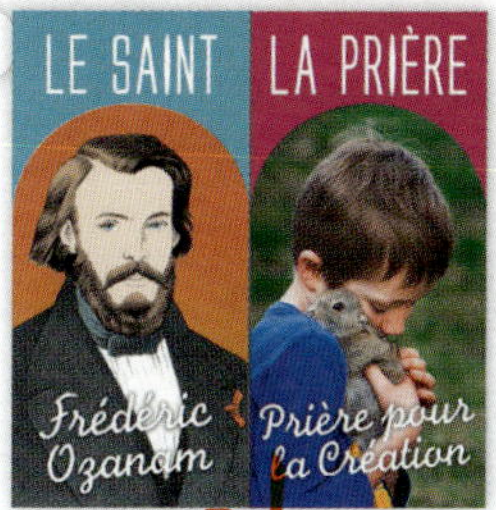

Prends le premier feuillet.
Découpe les deux signets.
Pense à les garder comme marque-pages !

LE LIVRET : L'ORDINAIRE DE LA MESSE

Prends le second feuillet.
Plie la page 1 sur les pointillés et **rabats-la** vers la droite.

3.

4.

Recommence avec les pages suivantes, en pliant vers la gauche puis vers la droite, pour former un accordéon.

Voilà, tu as déjà terminé.
Te voilà prêt(e) à suivre la messe !

5.

Illustration : Hélène Guillem

du monde auprès d'elle n'est qu'un peu de sable, et, en face d'elle, l'argent sera regardé comme de la boue. Plus que la santé et la beauté, je l'ai aimée ; je l'ai choisie de préférence à la lumière, parce que sa clarté ne s'éteint pas. Tous les biens me sont venus avec elle et, par ses mains, une richesse incalculable.

PSAUME

Rassasie-nous
de ton amour, Seigneur :
nous serons dans la joie.

Psaume 89

Illustration : Clotilde Perrin

Écoute maintenant la deuxième lecture.
Retrouve-la en intégralité sur prionseneglise.fr

Être attentif à la parole de Dieu

Lettre aux Hébreux 4, 12-13

Frères, elle est vivante, la parole de Dieu, énergique…

JEU D'APRÈS LA 1re LECTURE

Mots mélangés

La Sagesse est ce qu'il y a de plus précieux.
Découvre dans la grille tout ce qui est moins précieux que la Sagesse.

ARGENT
BEAUTÉ
BOUE
LUMIÈRE
OR
PIERRE
RICHESSE
SABLE
SANTÉ
TRÔNE

E	O	Q	B	L	H	B	R	A	B	D	L	E
V	S	G	E	O	I	E	A	R	A	F	N	R
A	F	F	I	O	F	E	R	G	O	V	V	X
P	I	E	R	R	E	F	X	E	L	M	M	G
R	I	C	H	E	S	S	E	N	A	N	Y	R
L	U	M	I	E	R	E	V	T	W	P	A	U
S	A	N	T	E	H	B	B	E	A	U	T	E
I	A	R	Y	F	E	O	F	J	I	B	A	E
T	R	O	N	E	I	U	F	S	I	P	I	C
S	A	B	L	E	R	E	N	V	Q	I	D	F

Indice : une lettre est utilisée deux fois.

ÉVANGILE

La parabole de l'hom

En ce temps-là, Jésus se mettait en route quand un homme accourut et, tombant à ses genoux, lui demanda : « Bon Maître, que dois-je faire pour avoir la vie éternelle en héritage ? » Jésus lui dit : « Pourquoi dire que je suis bon ? Personne n'est bon, sinon Dieu seul. Tu connais les commandements : *Ne commets pas de meurtre, ne commets pas d'adultère, ne commets pas de vol, ne porte pas de faux témoignage, ne fais de tort à personne, honore ton père et ta mère.* » L'homme répondit : « Maître, tout cela, je l'ai observé depuis ma jeunesse. » **Jésus posa son regard sur lui, et il l'aima. Il lui dit : « Une seule chose te manque : va, vends ce que tu as et donne-le aux pauvres ; alors tu auras un trésor au ciel. Puis viens, suis-moi. » Mais lui, à ces mots, devint sombre et s'en alla tout triste, car il avait de grands biens.** Alors Jésus regarda autour de lui et dit à ses disciples : « Comme il sera difficile ceux qui possèdent des richesses d'entrer dans le royaume de Dieu ! » Les disciples étaient stupéfaits de ces paroles. Jésus reprenant la parole leur dit : « Mes enfants, comme il est difficile d'entrer dans le royaume de Dieu !

me riche

Évangile selon saint Marc 10, 17-27 (lecture brève)

Il est plus facile à un chameau de passer par le trou d'une aiguille qu'à un riche d'entrer dans le royaume de Dieu. »
De plus en plus déconcertés, les disciples se demandaient entre eux : « Mais alors, qui peut être sauvé ? »
Jésus les regarde et dit : « Pour les hommes, c'est impossible, mais pas pour Dieu ; car tout est possible à Dieu. »

CE QUE JE DÉCOUVRE

Depuis 2000 ans, saint François, sainte Claire et de nombreux saints ont quitté leurs richesses, leur confort, pour suivre Jésus, pour lui donner tout leur temps, tout leur amour. **Ils ont entendu l'appel de Jésus au jeune homme riche.** Suivre le Christ, ce n'est pas seulement respecter les commandements. C'est aussi donner de sa personne, pour être proche de Dieu. En priant, en annonçant la Bonne Nouvelle, en s'occupant des plus pauvres. **À tout âge, nous pouvons suivre Jésus.**

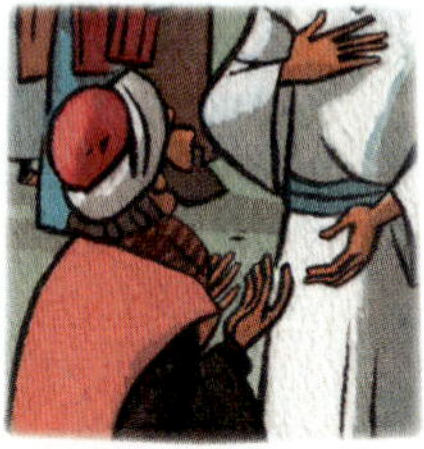

CE QUE JE VIS

- Connais-tu les Dix Commandements ? Peux-tu en citer trois ?
- Comment peux-tu, à ton âge, suivre Jésus ? Propose trois idées.

⇨ Et si tu envoyais un beau dessin à une personne seule ou malade ?

Texte : P. Thibault Van Den Driessche. Illustrations (pp. 62-64) : Marcelino Truong

« Je me confie à mon carnet perso »

Bastien, 10 ans
Pacé (Ille-et-Vilaine)

« J'ai découvert le "Stop Carnet" cette année, au Mouvement eucharistique des jeunes (Mej). Dans un carnet personnel, je note mes souvenirs, ce que je voudrais relire plus tard, ce que je veux confier quand je prie seul ou avec mon équipe. Par exemple, j'ai raconté qu'après une dispute avec ma maman, nous avons pu nous pardonner. Avant d'écrire, j'enfile mes lunettes "3B", qui permettent de voir le beau, le bien, le bon. L'animatrice nous pose aussi des questions : "Ça veut dire quoi pour toi être heureux ?", "Quelle rencontre as-tu aimé faire cet été ?", etc. Cela m'aide beaucoup, parce que je ne sais pas toujours quoi écrire. Dire les choses, ça fait du bien. Je me sens vraiment plus heureux depuis que je tiens ce carnet. »

Texte : Clotilde Pruvôt. Photo : DR/Agnès Hamon.

C'est... ma semaine

Du lundi 11 au samedi 16 octobre 2021

DES IDÉES POUR AGIR CHAQUE JOUR

Lundi 11 octobre
Saint Firmin

Je fais le jeu de la page 61.

Mardi 12 octobre
Bienheureux Carlo Acutis

Quand je rends service, cela me rend :
- O joyeux.
- O responsable.
- O fier.

Mercredi 13 octobre
Saint Édouard

Saint Édouard le Confesseur était :
- O premier ministre.
- O roi.
- O président.

Réponse : saint Édouard le Confesseur était roi d'Angleterre (XIe siècle). Très pieux, il était reconnu pour sa sagesse et sa générosité.

Illustrations : Robin. Photo : Adobestock

Jeudi
14 octobre
Saint Calixte

Je prie pour les personnes qui sont loin de leur pays.

Vendredi
15 octobre
Sainte Thérèse d'Avila

Je chante *Nous voici, Jésus* pages 112-114.

Samedi
16 octobre
Sainte Marguerite-Marie

Avant de me coucher, je n'oublie pas de faire un signe de croix.

Ma mission de la semaine

L'automne est bien là ! Je propose à un adulte de m'aider à trier mes affaires d'été. Je mets de côté ce qui pourrait être utile à quelqu'un qui en a besoin.

Prière autour de la table

Seigneur, bénis notre table. Bénis ceux qui ont pris du temps pour préparer notre repas.
Amen.

C'est... dimanche

17 octobre 2021

29e dimanche du temps ordinaire

**Faut-il toujours être le plus fort ?
Et si la force, c'était d'être doux avec les autres ?
Ce dimanche, Jésus nous donne son conseil pour devenir grand.**

Suis la messe avec ton livret.

1re LECTURE

Le serviteur souffrant verra la lumière

Livre du prophète Isaïe, chapitre 53, versets 10 à 11

Broyé par la souffrance, le Serviteur a plu au Seigneur.
S'il remet sa vie en sacrifice de réparation, il verra
une descendance, il prolongera ses jours : par lui, ce qui plaît

au Seigneur réussira. Par suite de ses tourments, il verra la lumière, la connaissance le comblera. Le juste, mon serviteur, justifiera les multitudes, il se chargera de leurs fautes.

Illustration : Sibylle Delacroix

Écoute maintenant la deuxième lecture.
Retrouve-la en intégralité sur prionseneglise.fr

Jésus seul peut guider vers Dieu

Lettre aux Hébreux 4, 14-16

Frères, en Jésus, le Fils de Dieu, nous avons le grand prêtre par excellence, celui qui a traversé les cieux ; tenons donc ferme…

JEU D'APRÈS LA 1re LECTURE

Mots croisés

Relis le texte de la première lecture pour t'aider à trouver les mots.

Vertical

1. Le serviteur lui a plu.
2. Par ses tourments, le serviteur la verra.
3. Il se chargera de leurs fautes.

Horizontal

4. Elle comblera le serviteur.

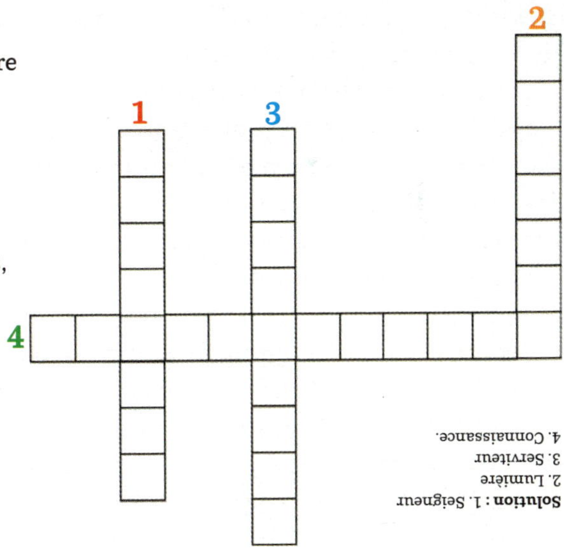

Solution : 1. Seigneur
2. Lumière
3. Serviteur
4. Connaissance.

Le plus grand doit se

En ce temps-là, Jacques et Jean, les fils de Zébédée, s'approchent de Jésus et lui disent : « Maître, ce que nous allons te demander, nous voudrions que tu le fasses pour nous. » Il leur dit : « Que voulez-vous que je fasse pour vous ? » Ils lui répondirent : **« Donne-nous de siéger, l'un à ta droite et l'autre à ta gauche, dans ta gloire. »** Jésus leur dit : « Vous ne savez pas ce que vous demandez. Pouvez-vous boire la coupe que je vais boire, être baptisés du baptême dans lequel je vais être plongé ? » Ils lui dirent : « Nous le pouvons. » Jésus leur dit : « La coupe que je vais boire, vous la boirez ; et vous serez baptisés du baptême dans lequel je vais être plongé. Quant à siéger à ma droite ou à ma gauche, ce n'est pas à moi de l'accorder ; il y a ceux pour qui cela est préparé. » Les dix autres, qui avaient entendu, se mirent à s'indigner contre Jacques et Jean.

Jésus les appela et leur dit : « Vous le savez : ceux que l'on regarde comme chefs des nations les commandent en maîtres ; les grands leur font sentir leur pouvoir. Parmi vous, il ne doit pas en être ainsi. **Celui qui veut devenir grand parmi vous sera votre serviteur.**

faire serviteur

Évangile selon saint Marc 10, 35-45

Celui qui veut être parmi vous le premier sera l'esclave de tous : car le Fils de l'homme n'est pas venu pour être servi, mais pour servir, et donner sa vie en rançon pour la multitude. »

CE QUE JE DÉCOUVRE

Jacques et Jean veulent avoir les meilleures places auprès de Jésus, au Ciel. Jésus les invite à désirer autre chose, à découvrir que devenir grand, c'est regarder les autres avec amour et se mettre à leur service. Un bon serviteur est attentif aux autres, pour qu'ils soient heureux. **Toi aussi, tu deviens grand lorsque tu prends soin des autres.**

CE QUE JE VIS

- Chaque jour, tu grandis. Maintenant, qu'arrives-tu à faire tout seul ?
- Quel est le dernier service que tu as rendu ?
- À qui demandes-tu de l'aide ? Pourquoi ?

Prie à genoux : « Jésus, aide-moi à grandir dans ton amour. » Puis lève-toi et prie le Notre Père.

Texte : P. Cédric Kuntz. Illustrations (pp. 72-74) : Marcelino Truong

DU 17 AU 24 OCTOBRE, C'EST LA SEMAINE MISSIONNAIRE MONDIALE.

« Je suis missionnaire en France »

Père Jean-Paul, 43 ans

« Je suis né en République démocratique du Congo, dans une famille chrétienne de neuf enfants. J'ai eu la joie de faire du scoutisme et, très jeune, j'ai commencé à servir la messe. À 22 ans, je suis entré chez les Assomptionnistes. Je les admirais car ils s'occupent des déplacés de guerre en les accueillant dans leurs paroisses. Puis à 38 ans, j'ai été envoyé en France comme missionnaire. J'y suis journaliste pour la revue *Prions en Église*. Je suis aussi aumônier d'étudiants. Chaque jeudi, je célèbre avec eux une messe. Ensuite, nous parlons des sacrements, de la Bible, de la joie d'aimer... Parfois, nous partons à la rencontre des sans-abri pour les réconforter, leur donner de la soupe ou du café. J'écoute aussi les étudiants qui me parlent de leurs difficultés. »

Texte : P. Thibault Van Den Driessche. Photo : P.-E. Charon

C'est... ma semaine

Du lundi 18 au samedi 23 octobre 2021

DES IDÉES POUR AGIR CHAQUE JOUR

Lundi 18 octobre
Saint Luc

Avant d'écrire un Évangile, saint Luc était :
- ◯ un charpentier ?
- ◯ un pêcheur ?
- ◯ un médecin ?

Mardi 19 octobre
Sainte Laure

Je relis l'évangile de dimanche dernier pages 72-73. Je le mime en famille.

Mercredi 20 octobre
Sainte Adeline

Comment était ma journée ?

Youpi, deux semaines de vacances !

Réponse : saint Luc était un médecin grec, soucieux de ses malades. Un jour, il entend saint Paul parler de Jésus qui apporte le salut et la résurrection. Pendant 18 ans, Luc restera avec Paul et le suivra jusqu'à Rome où Paul mourra en martyr.

Illustrations : Robin. Photo : Adobestock

Jeudi 21 octobre

Sainte Ursule

Je demande à Dieu d'enlever de mon cœur ce qui me rend triste.

Vendredi 22 octobre

Saint Jean-Paul II

Je lis « C'est la messe » pages 104-105.

Samedi 23 octobre

Saint Jean de Capistran

Je prie pour que les croyants puissent prier en paix.

Ma mission de la semaine

Si je vois une personne en difficulté, je l'aide (à porter quelque chose de lourd, ouvrir une porte, monter un escalier...). À chaque service que je rends, je dis : « Jésus, aide-moi à grandir dans ton amour. »

Prière autour de la table

Seigneur, apprends-nous à partager la nourriture que nous mangeons. Que nous fassions attention pour que notre voisin ne manque de rien. Amen.

C'est... dimanche

24 octobre 2021
30e dimanche du temps ordinaire

Avec tes amis, tu aimes crier de joie, comme Jérémie avec le peuple d'Israël. Peut-être as-tu parfois du mal à trouver ta place, comme Bartimée ? Parmi les amis de Jésus, il y a toujours une place pour toi.

Suis la messe avec ton livret.

1re LECTURE
Dieu est un père pour le peuple d'Israël
Livre du prophète Jérémie, chapitre 31, versets 7 à 9

Ainsi parle le Seigneur : Poussez des cris de joie pour Jacob, acclamez la première des nations ! Faites résonner vos louanges et criez tous : « Seigneur, sauve ton peuple, le reste d'Israël ! » Voici que je les fais revenir du pays du nord,

que je les rassemble des confins de la terre ; parmi eux, tous ensemble, l'aveugle et le boiteux, la femme enceinte et la jeune accouchée : c'est une grande assemblée qui revient. Ils avancent dans les pleurs et les supplications, je les mène, je les conduis vers les cours d'eau par un droit chemin où ils ne trébucheront pas. Car je suis un père pour Israël, Éphraïm est mon fils aîné.

PSAUME

Quelles merveilles
le Seigneur fit
pour nous :
nous étions
en grande fête !

Psaume 125

Écoute maintenant la deuxième lecture.
Retrouve-la en intégralité sur prionseneglise.fr

Jésus fait le lien entre Dieu et les hommes

Lettre aux Hébreux 5, 1-6

Tout grand prêtre est pris parmi les hommes ; il est établi pour intervenir en faveur des hommes dans leurs relations avec Dieu…

JEU D'APRÈS LA 1re LECTURE

Message codé

Pour décrypter la phrase que le Seigneur dit au peuple d'Israël, enlève tous les « b » et les « d » de la phrase.

Jde sudis ubn pbèrdde
pdobbur Idsrdabël,
Ébpdhraddïm ebsdbt
mbodn fidlbs aîdnéb.

Écris ici la phrase que tu as trouvée :

…………………………………………………………………………

…………………………………………………………………………

Solution : Je suis un père pour Israël, Éphraïm est mon fils aîné.

ÉVANGILE

La guérison de Bartimée

Évangile selon saint Marc 10, 46b-52

En ce temps-là, tandis que Jésus sortait de Jéricho avec ses disciples et une foule nombreuse, le fils de Timée, **Bartimée, un aveugle qui mendiait, était assis au bord du chemin.** Quand il entendit que c'était Jésus de Nazareth, il se mit à crier : « Fils de David, Jésus, prends pitié de moi ! » Beaucoup de gens le rabrouaient pour le faire taire, mais il criait de plus belle : « Fils de David, prends pitié de moi ! » **Jésus s'arrête et dit : « Appelez-le. » On appelle donc l'aveugle, et on lui dit : « Confiance, lève-toi ; il t'appelle. » L'aveugle jeta son manteau, bondit et courut vers Jésus.** Prenant la parole, Jésus lui dit : « Que veux-tu que je fasse pour toi ? » L'aveugle lui dit : « *Rabbouni*, que je retrouve la vue ! » Et Jésus lui dit : « Va, ta foi t'a sauvé. » Aussitôt l'homme retrouva la vue, et il suivait Jésus sur le chemin.

CE QUE JE DÉCOUVRE

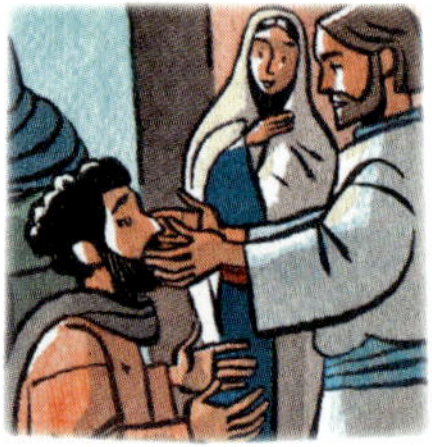

Le désir de guérir de l'aveugle Bartimée est tellement fort qu'il s'approche de Jésus, alors que la foule veut le faire taire. Quand Jésus l'entend et l'appelle, Bartimée « bondit et court », pourtant il ne voit rien. **C'est cela, la foi : marcher alors que nous ne voyons pas très bien et faire confiance à Jésus.** C'est Jésus qui « prend pitié » de nous. C'est lui qui nous sauve.

CE QUE JE VIS

- Comme Bartimée, quand as-tu déjà appelé Jésus avec confiance ?
- Quelles demandes oses-tu faire à Jésus ?

⇨ Ferme les yeux et demande à quelqu'un de te lire l'évangile d'aujourd'hui. Puis remercie Jésus pour quelque chose de beau que tu as vu. Tu peux le dessiner pour la personne qui t'a lu l'évangile.

CE 24 OCTOBRE, C'EST LA JOURNÉE MISSIONNAIRE MONDIALE.

« J'ai une correspondante au Sénégal »

Pia, 10 ans, Sainte-Gemmes-sur-Loire (Maine-et-Loire)

« Dans ma classe de CM2, à Angers, chaque enfant correspond avec un élève d'une école au Sénégal, en Afrique de l'Ouest.
Cela nous permet de connaître des enfants d'autres cultures, de découvrir que leur vie peut être difficile. Ma correspondante s'appelle Aïda. Je lui ai déjà envoyé deux lettres. Je lui ai raconté, par exemple, que pour le 25 décembre, j'allais à la messe de Noël, suivie du repas et de la prière devant la crèche, en famille. Quant à Aïda, elle m'a écrit qu'elle est musulmane mais qu'elle a un ami chrétien. Elle a même fêté Noël, en mettant des vêtements traditionnels et en mangeant des plats de fête ! »

C'est... ma semaine

Du lundi 25 au samedi 30 octobre 2021

DES IDÉES POUR AGIR CHAQUE JOUR

Lundi 25 octobre
Saint Enguerrand

Je relis l'évangile d'hier dimanche, pages 82-83, avec mes parents.
J'écris un mot que j'ai aimé :

....

Mardi 26 octobre
Saint Cédric

Jésus, merci pour cette journée.

Mercredi 27 octobre
Bienheureuse Emeline

Aujourd'hui, je me sens :
- ◯ joyeux.
- ◯ paisible.
- ◯ triste.

Atchoum ! Octobre en brumes, mois à rhumes.

Illustrations : Robin. Photo : Adobestock

Jeudi
28 octobre
Saint Simon et saint Jude

Je prie pour les enfants qui ne peuvent pas aller à l'école.

Vendredi
29 octobre
Bienheureuse Chiara Luce Badano

Chiara Luce (1971-1990) a choisi de « mettre Dieu à la première place ». Et si j'essayais ?

Samedi
30 octobre
Bienheureuse Maéva

Je fais le jeu de demain dimanche, page 91.

Ma mission de la semaine

Je profite des vacances pour dessiner mon arbre généalogique (mes parents, mes frères et sœurs, mes grands-parents, mon parrain et ma marraine…). J'enquête pour connaître leur date de baptême.

Prière autour de la table

Merci, Seigneur, pour le pain que tu nous donnes.
Donne du pain à ceux qui ont faim,
et donne faim à ceux qui ont du pain. Amen.

C'est... dimanche

31 octobre 2021

31e dimanche du temps ordinaire

**C'est parfois difficile de se motiver pour rendre un service.
Mais Jésus nous invite à recevoir les demandes avec un cœur disponible.
Car aimer Dieu, c'est aussi aimer son prochain et le servir.**

Suis la messe avec ton livret.

1re LECTURE

Tu aimeras le Seigneur de tout ton cœur

Livre du Deutéronome 6, versets 2 à 6

Moïse disait au peuple : « Tu craindras le Seigneur ton Dieu.
Tous les jours de ta vie, toi, ainsi que ton fils et le fils de ton fils,
tu observeras tous ses décrets et ses commandements,
que je te prescris aujourd'hui, et tu auras longue vie.
Israël, tu écouteras, tu veilleras à mettre en pratique

ce qui t'apportera bonheur et fécondité, dans un pays ruisselant de lait et de miel, comme te l'a dit le Seigneur, le Dieu de tes pères. Écoute, Israël : le Seigneur notre Dieu est l'Unique. Tu aimeras le Seigneur ton Dieu de tout ton cœur, de toute ton âme et de toute ta force. Ces paroles que je te donne aujourd'hui resteront dans ton cœur. »

Je t'aime, Seigneur,
ma force.

Psaume 17

2e LECTURE

Écoute maintenant la deuxième lecture.
Retrouve-la en intégralité sur prionseneglise.fr

Jésus demeure pour l'éternité

Lettre aux Hébreux 7, 23-28

Frères, dans l'ancienne Alliance, un grand nombre de prêtres se sont succédé parce que la mort les empêchait de rester en fonction. Jésus, lui, parce qu'il demeure pour l'éternité…

JEU D'APRÈS LA 1re LECTURE

Bouts de mots

Range les mots dans le bon ordre.
Tu sauras ce que Moïse dit à son peuple.

Solution : « Ces paroles que je te donne aujourd'hui resteront dans ton cœur. »

ÉVANGILE

Aime ton prochain

Évangile de Jésus Christ selon saint Marc 12, 28b-34

En ce temps-là, un scribe s'avança vers Jésus pour lui demander : **« Quel est le premier de tous les commandements ? »** Jésus lui fit cette réponse : « Voici le premier : ***Écoute, Israël : le Seigneur notre Dieu est l'unique Seigneur.*** *Tu aimeras le Seigneur ton Dieu de tout ton cœur, de toute ton âme, de tout ton esprit et de toute ta force.* Et voici le second : ***Tu aimeras ton prochain comme toi-même.*** Il n'y a pas de commandement plus grand que ceux-là. » Le scribe reprit : « Fort bien, Maître, tu as dit vrai : Dieu est l'Unique et il n'y en a pas d'autre que lui. L'aimer de tout son cœur, de toute son intelligence, de toute sa force, et aimer son prochain comme soi-même, vaut mieux que toute offrande d'holocaustes et de sacrifices. » Jésus, voyant qu'il avait fait une remarque judicieuse, lui dit : **« Tu n'es pas loin du royaume de Dieu. »** Et personne n'osait plus l'interroger.

CE QUE JE DÉCOUVRE

Moïse invite le peuple à écouter avec attention ce que Dieu dit. Écouter Dieu, vivre ce qu'il dit, conduit l'homme au bonheur et à la vie.
Alors quand un scribe demande à Jésus quel est le premier commandement, **Jésus cite les paroles de Moïse : écouter et aimer Dieu, mais aussi aimer son prochain.** Il n'y a pas d'autres commandements plus importants. En aimant le Seigneur et notre prochain, nous ne sommes pas loin du royaume de Dieu.

CE QUE JE VIS

- Comment agis-tu pour montrer à Dieu que tu l'aimes et que tu l'écoutes ?
- Comment fais-tu pour aimer encore plus tes amis, mais aussi tes ennemis ?

⇨ Dans ta prière, parle à Jésus.
Écoute ce qu'il t'invite à faire.
Il te montre le chemin vers son Père.

LE 1ER NOVEMBRE, ON FÊTE LA TOUSSAINT.

La Toussaint, c'est quoi cette fête ?

Demain dimanche, l'Église fête la Toussaint. C'est la fête joyeuse de tous les saints, c'est-à-dire de tous, connus ou inconnus, qui ont été des témoins de Jésus. Comme toi, les saints ont d'abord été des enfants, puis des hommes et des femmes avec leurs qualités et leurs défauts ! Être saint, ce n'est pas être un superhéros et accomplir des tas de choses exceptionnelles. Être saint, c'est simplement inviter Jésus à venir habiter ton cœur. C'est lui faire de la place et compter sur lui. Être saint, c'est être et vivre rempli d'amour.

C'est... ma semaine

Du lundi 1er au 6 novembre 2021

DES IDÉES POUR AGIR CHAQUE JOUR

Lundi 1er novembre

Tous les saints

Je fais des recherches sur mon saint patron. Quand et où a-t-il vécu ? Qu'a-t-il fait pour devenir ami avec Jésus ? Avec tous les renseignements, je fais sa carte d'identité.

Mardi 2 novembre

Commémoration de tous les fidèles défunts

Je prie pour les défunts de ma famille.

Mercredi 3 novembre

Sainte Sylvie

Comment était ma journée ?

Réponse : sainte Élisabeth est la maman du prophète Jean le Baptiste. Lorsque Marie vient chez elle, Élisabeth remercie le Seigneur d'accueillir la mère du Sauveur d'Israël (Lc 1, 13-43).

Illustrations : Robin. Photo : AdobeStock

Jeudi
4 novembre
Saint Charles

Avant de me coucher, je prie le Notre Père.

Vendredi
5 novembre
Sainte Élisabeth

Sainte Élisabeth est la maman :

- ◯ du prince William ?
- ◯ de Jean le Baptiste ?
- ◯ de Zacharie ?

Samedi
6 novembre
Saint Léonard

Je repense à ma semaine et je dis merci à Jésus.

Ma mission de la semaine

Chaque jour de cette semaine, je prie pour un de mes amis. Par ce geste concret, je lui montre que je l'aime !

Prière autour de la table

Seigneur Jésus, nous sommes affamés…
Merci pour cette nourriture aujourd'hui.
Heureux ceux qui ont faim, ils seront rassasiés.

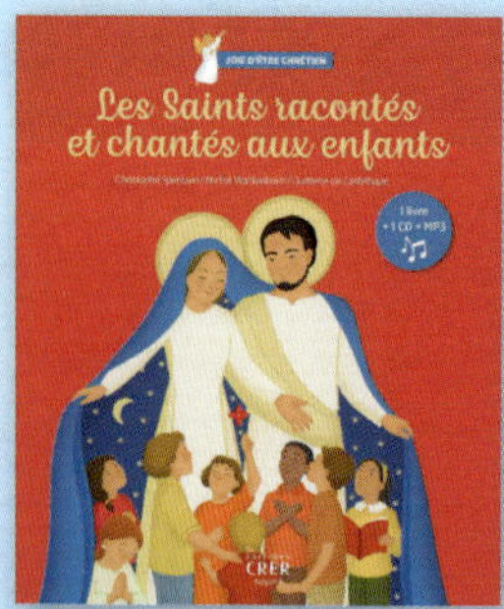

Les saints racontés et chantés aux enfants

Si tu regardes un calendrier, tu verras que chaque jour le prénom d'un saint est mis à l'honneur. Connais-tu ces saints, ces grands frères et grandes sœurs qui peuvent t'aider à suivre Jésus ? Découvre-les en récits et en chansons à travers l'histoire du peuple de Dieu.

De Christophe Sperissen, Michel Wackenheim, Quitterie de Castelbajac, collection « Joie d'être chrétien », ADF-CRER, 19,50 €

Pop Quiz la Bible

Connais-tu les personnages de la Bible ? Un peu, beaucoup, pas du tout ? Ce n'est pas grave car, avec ce quiz, tu deviendras imbattable. Teste vite tes connaissances en t'amusant avec ta famille ou tes amis.

De Jean-François Patarin, David Sierra Martinez, Mame, 13,90 €

MON ATELIER DE LA FOI

C'est... pour prier

JE GOÛTE LE SILENCE ET JE ME TOURNE VERS DIEU 1/6

Durée : 7 minutes

Prier, cela s'apprend. Cela demande aussi de s'entraîner, comme pour devenir champion de foot ou joueur de violon ! Voici le point de départ d'une méthode de prière qui t'accompagnera pendant longtemps. N'hésite pas à demander à un adulte de t'aider.

1 Aménage-toi un endroit, par exemple dans ta chambre. Installe une croix ou une image de Jésus ou de Marie. Cet endroit sera ton « coin prière ». Trouve un moment, le soir si possible, où tu peux rester tranquille. Assieds-toi confortablement, sur ton lit ou par terre, en tailleur (comme sur le dessin).

2 Pose tes mains sur tes genoux et ferme les yeux. Écoute les bruits autour de toi : les voitures au loin dans la rue, la télé dans la pièce à côté, le vent, un chien, des oiseaux... Ensuite, toujours les yeux fermés, concentre-toi sur ton souffle. Comment est l'air qui passe dans tes narines ? Frais ou tiède ?

A-t-il une odeur en particulier ? Laquelle ? Sens ton ventre, tes poumons se gonfler lorsque l'air entre, et se dégonfler lorsqu'il sort. Inspire et expire, pendant 3 minutes, en restant attentif à ces mouvements de va-et-vient.

3 **Maintenant, fais le signe de croix :** « Au nom du Père, et du Fils, et du Saint-Esprit. Amen. » Dis « bonjour » (ou « bonsoir ») au Seigneur. Ou alors dis-lui : « Seigneur, je me tiens devant toi. » Tu peux aussi choisir une autre phrase qui te plaît et que tu prononceras très lentement.

4 **Après un bref silence,** adresse-toi à Dieu directement : « Seigneur, apprends-moi à prier. » Et reste silencieux encore quelques instants. Maintenant, prie à haute voix (si tu peux) le Notre Père. Tu trouveras les paroles page 7 de ton livret de messe. Conclue ta prière par un beau signe de croix !

Voilà, ce premier exercice est fini !
Tu pourras le refaire autant que tu voudras pendant les deux prochains mois.
Et pour passer à l'étape suivante, rendez-vous au prochain numéro !

C'est... la liturgie

L'AUBE

C'est un vêtement blanc qui ressemble à une robe longue. L'aube est très simple et toute droite, et descend jusqu'aux pieds. Elle se porte avec une cordelette blanche qui sert de ceinture.

Avec sa couleur blanche, l'aube rappelle le baptême, car le blanc est le signe de la lumière de Dieu qui éclaire notre cœur.

Celui qui revêt une aube habille son cœur de l'amour de Jésus. C'est pour cela que le prêtre en met une pour dire la messe. On porte aussi parfois une aube à sa première communion, à sa profession de foi ou à sa confirmation.

À la messe, plusieurs personnes portent une aube :

- **le prêtre** ajoute une étole par-dessus, une sorte d'écharpe de couleur ;
- **le diacre** a aussi une étole, mais mise en bandoulière, en diagonale ;
- **les servants de messe** ont une aube toute simple, sans étole.

Dans ta prière,
ouvre ton cœur à Jésus.
Demande-lui que son amour t'enveloppe comme une aube.

Texte : Patricia Metzger. Illustration : Hervé Florès. Photo : Corinne Simon/CIRIC

C'est... la messe

« LE SEIGNEUR SOIT AVEC VOUS. – ET AVEC VOTRE ESPRIT »

Nous sommes au début de la messe.
Après le signe de croix qui ouvre toute prière,
le célébrant dit à l'assemblée :
« Le Seigneur soit avec vous. »

Il pose là un acte de foi. Pour lui, c'est une réalité, une affirmation. C'est comme s'il disait :
« Le Seigneur est là au milieu de vous, de nous ».
Et il souhaite aussi interpeller l'assemblée :
« Prenez conscience que le Seigneur est présent maintenant que nous sommes rassemblés ».

Cela renvoie à la promesse de Jésus, dans l'évangile de saint Matthieu (chapitre 18, verset 20) :

« Là où deux ou trois sont réunis en mon nom, je suis là au milieu d'eux. »

Alors l'assemblée répond : **« Et avec votre esprit. »**
C'est aussi un acte de foi, auquel tu peux t'associer.

C'est comme si tu disais :
« Oui, le Seigneur est là au milieu de nous,
mais aussi en vous *[en désignant le prêtre]*, par l'Esprit Saint.
Le Seigneur par son Esprit est dans votre esprit.
C'est ce qui vous permet d'être le président de notre assemblée,
le signe de la présence de Dieu avec nous. »

C'est... dans l'art

L'arche de Noé

Estampe au pochoir sur papier japonais, 1977, Sadao Watanabe

Cet artiste japonais a représenté l'arche de Noé avec ses animaux. En bas à droite, Noé observe les eaux et les nuages sombres qui engloutissent les créatures devenues méchantes.

- **Le tableau** est peint au pochoir, à travers des formes découpées dans du carton. Les animaux représentés sont familiers pour les Japonais. Reconnais-tu chacun d'entre eux ?
- **Noé** conduit son arche vers une terre neuve, comme Jésus conduit l'Église des baptisés vers une vie nouvelle. As-tu déjà pris un bateau ? Qui était le capitaine ?
- **Cette arche** a une forme bizarre : celle d'une cage à grillons ! Au Japon, on élève ces insectes pour écouter leur chant. Et toi, quel cri ou quel chant d'animal t'étonne le plus ?
- **Seulement 1 Japonais** sur 100 est chrétien. Comme ce peintre : ses images font connaître la Bible dans son pays. À sa place, quelle histoire biblique illustrerais-tu en premier ?

Tu peux lire l'histoire de Noé dans la Bible, livre de la Genèse, chapitres 6 à 9.

73/80
SADAO WATANABE 1977

C'est... pour chanter

Retrouve tous les chants sur *www.chantonseneglise.fr* ChantonsenÉglise

Pour entrer dans le silence

DEV268/KT29-01 ; T. : D. Sciaky et M. : M. Wackenheim; © Studio SM.

Photo : AdobeStock

Refrain :

Pour entrer dans le silence
et pour te prier.
pour m'ouvrir à ta présence,
en moi, tout se tait.

1 Je me tourne vers toi,
mes yeux sont fermés,
je veux simplement
t'offrir ma journée.

2 Je me tourne vers toi,
mes mains sont croisées,
je veux simplement
être pardonné.

3 Je me tourne vers toi,
le cœur bien chargé,
je veux simplement
te dire un secret.

4 Je me tourne vers toi,
je veux contempler,
merci simplement
pour tant de beauté.

5 Je me tourne vers toi,
le livre est posé,
je veux simplement
venir t'écouter.

6 Je me tourne vers toi,
tu viens te donner,
je veux simplement
un peu mieux t'aimer.

En toi tout recommence !

EDIT 19-81 ; T. : B. Gschwind et M. : J.-Ph. Galerie ; © ADF.

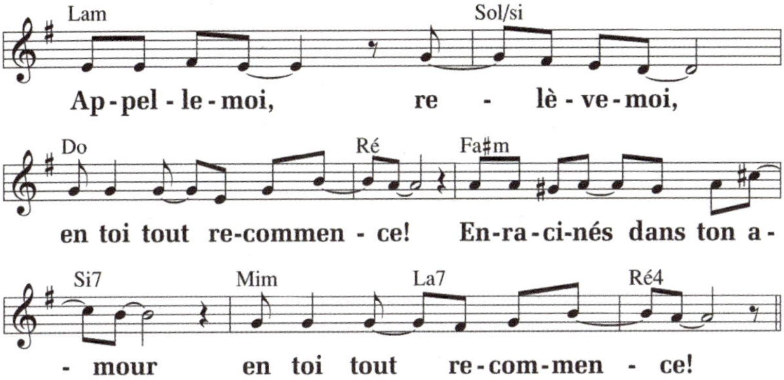

Refrain :

Je veux te louer, Seigneur chaque jour,
pour le temps qui commence !
Je veux te bénir, te chanter, te louer,
toi, le roc de ma vie !

1

Jésus Christ, ami véritable
en toi tout recommence !
Appelle-moi, relève-moi,
en toi tout recommence !
Enracinés dans ton amour
en toi tout recommence !

2

Jésus Christ, ami véritable
en toi tout recommence !
Sur mon chemin, guide mes pas,
en toi tout recommence !
Fondés en toi au long des jours
en toi tout recommence !

Nous voici, Jésus

EDIT 10-03/A536 ; T. : C. Gaud et M. : J. Humenry ; © Studio SM.

Refrain :

Nous voici, Jésus, c'est toi qui nous invites.
Nous voici, Seigneur, pour répondre à ton appel.
Viens en nous, Jésus, que ton amour habite le fond de nos cœurs.
Viens en nous, Seigneur.

•••

1 Tu nous connais, Seigneur,
chacun par notre nom
et c'est un grand bonheur
d'entrer dans ta maison.
Tu nous attends, Seigneur,
et nous allons vers toi.
Nous préparons nos cœurs
à recevoir ta joie.

2 Nous avons préparé
des fleurs et des bougies,
nous avons apporté
un peu de notre vie.
Nos mains se sont données
pour avancer vers toi,
ton amour tout entier
nous ouvre grand les bras.

3 Si nous fermons les yeux,
c'est pour mieux t'écouter.
Quand tout est silencieux,
tu viens nous rencontrer.
Mais tu es là aussi
au milieu de nos chants.
C'est la fête aujourd'hui,
fêtons Jésus présent !